I0548440

DIJON

À
REVIGOTAI

A DIJON,

Chez Loüis Seçard Imprimeur &
Marchand-Libraire Place Roïal
devant la Monnoye.

M. DC.XC.

DIJON
REVIGÔTAI

Vive le Prince de Condai,
Qui ai ce cô nos é montrai,
De quei faiçon ça quay manaige,
Sai condutte si nôble & saige.
Cetó fai de no su mai foy,
San lu j'àitein és ébasoy,
Et deijay no fanne enraigée,
No montrein d'un gran pié de née,
On les entendó tô po tô,
No baitisé de gaulurô,
De béte, de zerô en chifre,
En en mô j'aitein de fran pifre.
Regadé voi cé brave jan,

Difeint-elle en grinçan lo dan,
Qui nónt pu de voix en chaipitre?
Faifon coupau tô cé belitre,
Aipeu chaiffon lé dan lé bó.
Ca lai le feu qui féllemo,
San lai prudence de ce Prince,
Qui regade note Prôvince,
Aivo tan deftime & d'aimor,
Qu'ai ne fécôlle pain jor,
En queiquendroi quai fe rencontre,
Que d'un cœur ôuvar ai ne montre,
Qu'ai la tô remply de quefan,
Por nos autre & por nos enfan.
Sambaidy de lautre femaine,
Que j'aitein tretô bé enpaine,
De voi le borjon requelai,
En leu quài devó févançai.
Quai fembló ai voi le gôtteire
Que le Ciel feuffe éne riveire,
Et que lé vaigne mafhuan,
Allain deveni des étan.
Tô din cô in forjan de Moire,

Ravi d'aivoir épri l'histoire,
No disi su coraige enfan,
Vo venré pretai le sarman,
I'ay entendu lire lai lettre,
Qui vo fai lé moître de mettre,
En plaice de Monsieu Iôly
Monsieu Baudô, ai la genty,
Adé sai phisiônômie,
Elle plai. ai né de sai vie
Fait que du bé. çat in tresor,
De qui dépan le siecle dor.
Ai fau voi lai chambre dé Comte,
Ai conbé elle dit que monte,
De ce brave homme lai vatu
Checun chante du bé de lu.
Dan Dijon ça chôse tré raire,
Car le fraire i medi du fraire,
Et sôuvan cousaigne & cousain,
Y son vou larron vou putain.
L'un no dit qu'ai l'at impôssible,
De sçaivoi meu que lu lai Bible.
L'autre quài ni é parchemin,

Tan só tai rongé d'artoisin,
N'y paipié maulaisil ai lire,
Quand on en charchero por riré,
Quái ne dechifre coramman.
Icy ai la le pu scaivan;
Lai, le meudisan de sai trôpe.
Ce na pas un maingeu de sôppe,
Côqueluche de ri de veà,
De cu d'artichau d'atereá,
De mouseron ny de Bôlôtte;
Ai se contente quon l'i bôtte,
Vn morceá de beu vou môton,
Devan lu. çat in vrai caton
Por lai bouche & por autre chôse.
Ie gaige qu'ai n'a nun qui ôse,
Ny qui peusse dire autreman.
Ai cegneu lé quatre eleman
Et quant ai lai Philôsôphie,
Ai lai toteville, & manie,
Coman vo faisé vo coró,
Et sai veló ai craicheró
San se baillé beacô de peine,

Et san reprarc ion naleine,
Le soir ossibé qu'au maitin,
Vn foudry de beá mô laitin.
On ne pale poin de langaige,
Qu'ai nen explique le ramaige,
Ma dessu tô du Bourguignon,
Ai l'en fai sai sausse ai l'ognon.
Por dé vars ai l'en a le peire,
Ien ai voisu de sa maneire,
Qui ferein lai barbe ai çolai
De Maulharbe, & de Chaingenai.
Ai l'entan moime lai pointure,
Le bátiman, l'architecture,
Enfin ai n'ignore de ran,
Car tô les arts ça ses enfan.
Songé don ai cet homme daigne,
Détre pronay dans les écraigne,
Et détre nommai dó demain,
Moire éternel é Iaicoupain.
Quon corre ché lé Capitaine,
Et quon grossisse lé Dizaine,
Por en odre & tambor baitan,

Lé veni nômmai viteman.
Ai lé lai voix de son Altesse,
Monsieu le Premei le caresse,
Et tô Messieu du Parleman,
Le nômmeron paroailleman.
Monsieu d'Argouges le regade,
Prôpre d'aivoi les haullebade,
Et pu que célai, lé faisceá.
Lé canon, & lé fauconneá.
On dit que le Clargé sépréte,
Chanone, Chaipelin, & Préte,
Moimeman Monsieu ⁎ ⁎ on,
Quon ne croi char ni poisson,
Au dire de son voisin ⁎ ve
Le gantei qui peut étre raive,
En tenan de lu tei discor;
Car on voi ai se cheveu cor
Ai son Chaipeá de qui les aisle
Faison tôjor lai quinquenelle,
Encore ai son peti côlai,
De côllé bé sotte empesai,
Qu'un jor ai peu ansin qu'en autte

E'tre

E'tre Difciple vou Apôtre,
Sai n'a Chainone ou Chaipelain
Tô cé brave Monfieu enfin,
Veuille veni ribon ribaine,
Baillé lo voix ai lai centaine,
Les Aivôca les prôcureux,
Lé Marchan en en mô tô ceux,
Qui faifon le gró de lai Ville,
Le venron nommai fille ai fille.
Allon corron nétandan pá,
Sarron lé ran dôblon le pas,
Et nommon ce gran porfennage,
Por Moire ma de bon coraige
Et menons y tô nos enfan,
Depeu lé peti jeufqué gran;
Por montrai que cette effamblée,
Quon feré por lu cette année,
Seré remplie de pu de jan,
Quái n'a détoille dan le tan.
Ai vai rétabli làibondance,
Et fài na point de Ville en France
Lài vou de jor commande neu,

B

Lai Pôlice se feré meu.
Oh ! que cin cen diale lai queuffe,
Que lé fonei juein du peuffe.
Ny quon voife dó devan jor,
Lé poullaillei dan le Fobor,
Cori au devan dé béccaiffe.
Et tan de faifou de fricaiffe,
Allai lé premei au devan,
De ce quépotte le païfan,
Lé méchande & fauffe meffure,
On en vai fondre je méffure
Autan décuelle qu'ai l'en fau,
Por lé prôuve de l'hopitau.
On vai teni lé ruë fi nôtte
Quon n'y voiré cheni ni crôtte.
Et de tei faiçon le paivai,
Quon n'entendré pu grimôlai
Contré ço qui le requemôde
Et fài vai rémenai lai môde,
E'gaireé de peu bé lontan,
De rogné lés ongle trô gran.
Qu'on charge dan lé quatre carre.

Et dan le mitan de lai Tarre,
Por bé faire un ſi bon ouvrei,
Bé tôjor en en trouverei.
Ai né pa ſon pairoail ,au monde.
Enfin ſai vatu ſan ſeconde,
Vai tô rebôtre en ſon entei.
Peuſſetai don & en depei,
Du tan & de lai deſtaignée,
E're Moire por cent année
Et vivre encor aipré celai,
Pu de jor que Maitieu Sailai.

BIBLIOTHEQUE ROYALE

I N.

BIBLIOTHEQUE NATIONALE DE FRANCE

3 7531 02888518 5

www.ingramcontent.com/pod-product-compliance
Lightning Source LLC
Chambersburg PA
CBHW061524170626
46811CB00004B/1832

* 9 7 8 2 0 1 1 2 5 9 7 6 9 *